안도현 시집

그리운 여우

# 차    례

## 제 1 부

## 제 2 부

제 3 부

제 4 부

제 1 부

# 겨울 강가에서

어린 눈발들이, 다른 데도 아니고
강물 속으로 뛰어내리는 것이
그리하여 형체도 없이 녹아 사라지는 것이
강은,
안타까웠던 것이다
그래서 눈발이 물위에 닿기 전에
몸을 바꿔 흐르려고
이리저리 자꾸 뒤척였는데
그때마다 세찬 강물소리가 났던 것이다
그런 줄도 모르고
계속 철없이 철없이 눈은 내려,
강은,
어젯밤부터
눈을 제 몸으로 받으려고
강의 가장자리부터 살얼음을 깔기 시작한 것이었다

# 자작나무의 입장을 옹호하는 노래

저 도시를 활보하는 인간들을 뽑아내고
거기에다 자작나무를 걸어가게 한다면
자작나무의 눈을 닮고
자작나무의 귀를 닮은
아이를 낳으리

봄이 오면 이마 위로
새순 소록소록 돋고
가을이면 겨드랑이 아래로
가랑잎 우수수 지리

그런데 만약에
저 숲을 이룬 자작나무를 베어내고
거기에다 인간을 한 그루씩 옮겨 심는다면
지구가, 푸른 지구가 온통
공동묘지 되고 말겠지

# 눈 그친 산길을 걸으며

눈 그친 산길을 걸으며
나는 경배하련다

토끼가 버리고 간 토끼 발자국을
상수리나무가 손을 놓아버린 상수리 열매를
되새떼가 알알이 뿌려놓고 간 되새떼 소리를

이 길을 맨 처음 걸어갔을 인간의 이름이
나보다는 깨끗하였을 것이라 생각하고
소나무 가지 위에 떨어지지 않도록 흰 눈을 얹어두련다

산길은, 걸어갈수록 좁아지지만
또한 깊어지는 것

내가 산길을 걷는 것은
인간들의 마을에서 쫓겨났기 때문이 아니라
인간들의 마을로 결국은 돌아가기 위해서다

저 팽팽한 하늘이 이 산의 능선을 꿈틀거리게 하듯이

겨울바람이 내 귓불을 빨갛게 달구어
나는 외롭지도 슬프지도 않다
나뭇잎 하나 몸에 달지 않아도 춥지가 않다

눈 그친 지구 위에
산길이 나 있다
나는 산길을 걸어가련다

# 봄     비

봄비는
왕벚나무 가지에 자꾸 입을 갖다댄다
왕벚나무 가지 속에 숨은
꽃망울을 빨아내려고

# 측백나무가 되어

측백나무 울타리에 내려앉는 참새떼,
가까이 가도 날아가지 않는다
고마워라
나를 측백나무 한 그루쯤으로 여기는

# 여울가에서


송사리떼에게 거슬러 오르는 일을 가르치려고
시냇물은 스스로 저의 폭을 좁히고
자갈을 깔아 여울을 만들었네

송사리 송사리들 귀를 밝게 하려고
여울목에 세찬 물소리도 걸어놓았네

시냇물의 힘줄을 팽팽하게 당기며
송사리는 송사리는 거슬러 오르고

그때

시냇물이 감추어 둔 손가락지 하나가
물 속에서 반짝, 하고 빛나네

# 山에 대하여

山은 저 홀로 푸르러지지 않는다네
한 山이 그 빛깔 흐려지며 그 너머 山에게 자기를 넘기면
그 빛깔 흐려진 山이 또 빛깔 흐려지며 그 너머 山에게
자기를 넘긴다네

山은 또한 저 홀로 멀리 사라지지 않는다네
한 山이 한 山을 받아 앞에 선 山에게 짙어진 빛깔 넘기면
그 山은 또 그 앞에 선 山에게 더 짙어진 빛깔 넘기고
그 빛깔 넘겨받은 山은 그 앞에 선 山에게 더더욱 짙어
진 빛깔 넘긴다네

소나무 푸른 것은
우리 동네 앞산
우리 동네 앞산은
소쩍새를 키운다네

# 모악산 박남준 시인네 집 앞 버들치에 대하여

모악산 박남준 시인네 집 앞에는
모악산 꼭대기에서부터 골짜기 타고 내려오던
물줄기가 잠시 쉬어가는 곳이 있는데요,
그 돗자리 만한 둠벙에요,
거기 박남준 시인이 중태기라 부르는
버들치가 여남은 마리 살고 있지요
물속에서 꼬물거리는 고것들
비린내나는 것들
한 냄비 끓여 잡숴보겠다고 어느날
중년 아저씨 한 분이 배터리 등에 지고
전기로 모악산 옆구리를 지지며
골짜기 타고 올라왔다지요
안된다고,
인간도 아니라고,
박남준 시인이 버티고 서서 막았지요
모악산 물고기들 모두 자기가 기르는 거라고요,
자기가 주인이라고 했다지요
지금 거기 버들치가 여남은 마리

어린 새끼들 데리고 헤엄치는 것은요,
다 그 거짓말 덕분이지요

# 제비꽃에 대하여

제비꽃을 알아도 봄은 오고
제비꽃을 몰라도 봄은 간다

제비꽃에 대해 알기 위해서
따로 책을 뒤적여 공부할 필요는 없지

연인과 들길을 걸을 때 잊지 않는다면
발견할 수 있을 거야

그래, 허리를 낮출 줄 아는 사람에게만
보이는 거야 자줏빛이지

자줏빛을 톡 한번 건드려봐
흔들리지? 그건 관심이 있다는 뜻이야

사랑이란 그런 거야
사랑이란 그런 거야

봄은,

제비꽃을 모르는 사람을 기억하지 않지만

제비꽃을 아는 사람 앞으로는
그냥 가는 법이 없단다

그 사람 앞에는
제비꽃 한포기를 피워두고 가거든

참 이상하지 ?
해마다 잊지 않고 피워두고 가거든

# 애기똥풀

나 서른다섯 될 때까지
애기똥풀 모르고 살았지요
해마다 어김없이 봄날 돌아올 때마다
그들은 내 얼굴 쳐다보았을 텐데요

코딱지 같은 어여쁜 꽃
다닥다닥 달고 있는 애기똥풀
얼마나 서운했을까요

애기똥풀도 모르는 것이 저기 걸어간다고
저런 것들이 인간의 마을에서 시를 쓴다고

# 깃털 하나

거무스름한 깃털 하나 땅에 떨어져 있기에
주워 들어보니 너무나 가볍다
들비둘기가 떨어뜨리고 간 것이라 한다
한때 이것은 숨을 쉴 때마다 발랑거리던
존재의 빨간 알몸을 감싸고 있었을 것이다
깃털 하나의 무게로 가슴이 쿵쿵 뛴다

# 제비꽃 편지

제비꽃이 하도 예쁘게 피었기에
화분에 담아 한번 키워보려고 했지요
뿌리가 아프지 않게 조심조심 삽으로 떠다가
물도 듬뿍 주고 창틀에 놓았지요
그 가는 허리로 버티기 힘들었을까요
세상이 무거워서요
한 시간이 못되어 시드는 것이었지요
나는 금세 실망하고 말았지만
가만 생각해보니 그럴 것도 없었어요
시들 때는 시들 줄 알아야 꽃인 것이지요
그래서
좋다
시들어라, 하고 그대로 두었지요

# 가을의 욕심 1

내 눈이 내 눈이라면
오동나무 오돌오돌 소름 돋는 것 보아라
내 귀가 참말로 내 귀라면
가래나무 가랑가랑 喘息 앓는 소리 들어라

# 가을의 욕심 2

고추잠자리가 운동장을 온통 가득 덮은 것 보고
나는 저 고추잠자리나 길러 날려보고 싶다는
좀 욕심 많은 생각을 하였다

# 인간의 폭

교무실에 날아든, 갑자기
굴뚝새 같기도 한 새 한 마리가
눈알이 개머루 같은 새 한 마리가
어쩔 줄을 모르고
이리저리 날아다니다가
유리창에다 하늘을 붙여놓은 줄 모르고
그리로 힘껏 날아가다가
그만, 머리를 부딪쳐
죽고 말았습니다

인간의 폭이란
한없이 좁은 것이어서

저걸 어쩔까, 어쩔까
어떻게 해보지도 못하고
발만 동동 굴렀습니다

# 여       치

山西에 와서 여름내내 여치 우는 소리를 듣습니다
여치에 대해 시를 써보겠다는 욕심이
내 마음속에서 찌릿찌릿 그래서 생겨난 것입니다

나는 아직 그 풀숲으로 들어가본 적은 없습니다
웬지 두렵고, 또 부끄럽기도 해서요
한번은 풀숲 근처에 오래오래 서 있었는데
그날은 여치 우는 소리를 잠깐도 듣지 못했거든요

여치는 밤이 깊어야 뜨는 아련한 별처럼 웁니다
타고 앉은 풀잎을 앞다리로 긁어대는 것 같기도 하고
그 여린 날개로 상심한 애인의 가슴을 문지르는 것 같기
도 합니다
물론 곤충도감에는 나오지 않는 이야기이지만요

한 마리가 울면 여러 마리가 한데 덩달아 우는
내가 책을 읽는 동안에는 들리지 않다가도
책장을 덮으면 내 귓가에까지 바짝 다가와 울어쌓는
여치의 마을에 나는 잘 왔다는 생각을 합니다

우리가 쓰는 시라는 것,

아마 여치 우는 소리를 닮으려는 인간들의 꿈의 부스러기가 아닐는지요?

여기서 여름을 보내고 가을도 겨울도 또 다른 봄도 보내고 나면

내년 여름쯤엔 내 시에도 여치 우는 소리가 날지 누가 압니까?

그런 일이 생기지 않는다 해도 할 수 없는 일이고요

# 무식한 놈

쑥부쟁이와 구절초를
구별하지 못하는 너하고
이 들길 여태 걸어왔다니

나여, 나는 지금부터 너하고 絶交다!

제 2 부

# 사        랑

여름이 뜨거워서 매미가
우는 것이 아니라 매미가 울어서
여름이 뜨거운 것이다

매미는 아는 것이다
사랑이란, 이렇게
한사코 너의 옆에 붙어서
뜨겁게 우는 것임을

울지 않으면 보이지 않기 때문에
매미는 우는 것이다

# 단풍나무 한 그루

너 보고 싶은 마음 눌러 죽여야겠다고
가을산 중턱에서 찬비를 맞네
오도 가도 못하고 주저앉지도 못하고
너하고 나 사이에 속수무책 내리는
빗소리 몸으로 받고 서 있는 동안
이것 봐, 이것 봐 몸이 벌겋게 달아오르네
단풍나무 혼자서 온몸 벌겋게 달아오르네

# 그리운 여우

이렇게 눈 많이 오시는 날 밤에는
나는 방에 누에고치처럼 동그랗게 갇혀서
희고 통통한 나의 세상 바깥에 또 다른 세상이 있을 것
이라 생각하고
그 세상에도 눈이 이렇게 많이 오실 것인데
여우 한 마리가, 말로만 듣던 그 눈도 털도 빨간 여우
한 마리가
나를 홀리려고 눈발 속을 헤치고
네 발로 어슬렁어슬렁 산골짜기를 타고 내려올 것이라
생각하고
그 산길에는 마을로 내려갈 때를 놓친 산수유 열매가 어
쩌면 붉어져 있기도 했을 터인데
뒤도 안 돌아보고 여우 한 마리가, 우리집 마당에까지
와서
부르르 몸 흔들어 깃털에 쌓인 눈을 털며
이 집에 사람이 있나, 없나 기웃거릴 것이라 혼자 생각
하고
메주 냄새가 나는 이불을 뒤집어쓰고
사타구니 속에 두 손을 집어넣고 쪼글쪼글해진

그리하여 서늘하기도 한 불알을 한참을 주물러보는 것인
데

그러면 나도 모르게 불끈 무엇이 일어서는 듯한 생기와
함께

나는 혹시나 여우 한 마리가,

배가 고파서 마을로 타박타박 힘없이 걸어내려왔을지도
모른다는 생각을 하고

사람 소리 하나 안 나는 뒤꼍에서

두리번두리번 먹을 것이 없나 하고 살피다가

일찍 군불 지펴넣은 아랫방 아궁이가에 잠시 쭈그리고
앉았다가

산속에 두고 온 어린것들을 생각하고는

여우 한 마리가, 혹시라도 마른 시래기 걸린 소도 없는
외양간 뒷벽에

눈길을 주다가 코를 벌름거리며

그 코끝에는 김나는 이슬 몇방울이 묻어 있기도 할 것인
데

아 글쎄 그 여우 한 마리가, 아는 척도 하지 않는 사람
들이 야속해서

세상을 차듯 뒷발로 땅바닥을 더러 탁탁 쳐보기도 했을
터인데
먹을 것은 없고
눈은 지지리도 못난 삶의 머리끄덩이처럼 내리고
여우 한 마리가, 그 작은 눈을 글썽이며
그 눈 속에도 서러운 눈이 소문도 없이 내리리라 생각하
고 나는
문득 몇해 전이던가 얼음장 밑으로 빨려들어가 사라진
동무 하나가 여우가 되어 나 보고 싶어 왔는지도 모른다
는 생각을 하고
자리를 차고 일어나 방문을 확 열어제껴보았던 것인데
눈 내려 쌓이는 소리 같은 발자국 소리를 내며
아아, 여우는 사라지고——
여우가 사라진 뒤에도 눈은 내리고 또 내리는데
그 여우 한 마리를 생각하며
이렇게 눈 많이 오시는 날 밤에는
내 겨드랑이에도 눈발이 내려앉는지 근질근질거리기도
하고
가슴도 한없이 짠해져서 도대체가 잠을 이룰 수가 없었
던 것이다

# 그 겨울밤

한숨 자고
고구마 하나 깎아 먹고

한숨 자고
무 하나 더 깎아 먹고

더 먹을 게 없어지면
겨울밤은 하얗게 깊었지

## 花巖寺, 내 사랑

人間世 바깥에 있는 줄 알았습니다
처음에는 나를 미워하는지 턱 돌아앉아
곁눈질 한번 보내오지 않았습니다

나는 그 화암사를 찾아가기로 하였습니다
세상한테 쫓기어 산속으로 도망가는 게 아니라
마음이 이끄는 길로 가고 싶었습니다
계곡이 나오면 외나무다리가 되고
벼랑이 막아서면 허리를 낮추었습니다

마을의 흙먼지를 잊어먹을 때까지 걸으니까
산은 슬쩍, 풍경의 한 귀퉁이를 보여주었습니다
구름한테 들키지 않으려고
아예 구름 속에 주춧돌을 놓은
잘 늙은 절 한 채

그 절집 안으로 발을 들여놓는 순간
그 절집 형체도 이름도 없어지고,
구름의 어깨를 치고 가는 불명산 능선 한자락 같은

참회가 가슴을 때리는 것이었습니다
인간의 마을에서 온 햇볕이
화암사 안마당에 먼저 와 있었기 때문입니다
나는, 세상의 뒤를 그저 쫓아다니기만 하였습니다

화암사, 내 사랑
찾아가는 길을 굳이 알려주지는 않으렵니다

# 花巖寺, 깨끗한 개 두 마리

화암사 안마당에는
스님 모시고 노는 개 두 마리가 있습니다
그 귀가 하도 맑고 깨끗해서
뒷산 다람쥐 도토리 굴리는 소리까지
훤히 다 듣습니다
간혹 귀 쫑긋 세우고 쌩 하니 달려갔다가는
소득 없이 터덜터덜 돌아올 때가 있는데
귓전에 닿는 소리에
덕지덕지 욕심 있어서가 아닙니다
그저 그냥 한번 그래 본 것입니다
바람이, 일없이 풍경소리를 내는 물고기 꼬리를
그저 그냥 한번 툭 치고 가듯이

# 비행기고개를 넘으며

내가 좋아하는 군내버스는
내가 좋아하는 비행기고개를 구불텅구불텅 넘었다


나는 장수군 학생백일장대회에 아이들을 데리고 가는데
우리들 몇이 이 가난한 차의 승객의 전부였다


점심이나 좀 먹고 가자고
심심산중에다 운전사는 갑자기 차를 세웠다


둘러봐도 기사식당 같은 것은 없는데
고개 아래 솔숲에서 왁자지껄 떠드는 소리가 났다


운전사네 마을 사람들이 그리 화전놀이 나왔다는 것을
나는 막걸리를 한사발 얻어먹으면서 알았다


개고기가 삶은 오리고기인 줄 알고
같이 가던 여선생님도 아이들도 잘 먹었다

# 열심히 산다는 것

산서에서 오수까지 어른 군내버스비는
400원입니다

운전사가 모르겠지, 하고
백원짜리 동전 세 개하고
십원짜리 동전 일곱 개만 회수권함에다 차르륵
슬쩍, 넣은 쭈그렁 할머니가 있습니다

그걸 알고 귀때기 새파랗게 젊은 운전사가
있는 욕 없는 욕 다 모아
할머니를 향해 쏟아붓기 시작합니다
무슨 큰일 난 것 같습니다
30원 때문에

미리 타고 있는 손님들 시선에도 아랑곳없이
운전사의 훈계 준엄합니다 그러면,
전에는 370원이었다고
할머니의 응수도 만만찮습니다
그건 육이오 때 요금이야 할망구야, 하면

육이오 때 나기나 했냐, 소리 치고
오수에 도착할 때까지
훈계하면, 응수하고
훈계하면, 응수하고

됐습니다
오수까지 다 왔으니
운전사도, 할머니도, 나도, 다 왔으니
모두 열심히 살았으니!

# 나의 희망

학교 관사 옆 공터가 심심하지 않게
거기에다 호박을 심자 했더니
선생님, 우리가 우리를 어떻게 심나요?
깔깔대더니

어느새 호미와 삽과 괭이가 모이고,
비료가 한줌씩 오고,
쇠똥거름도 한 리어카 달려왔지
사실 이런 일이 생전 처음인 나는
구덩이마다 호박씨 서너 개씩을 꼭꼭 심으며
이것들이 땅속에서 부디 숨결을 열어주기를
그리하여 이 세상하고 다시 관계를 맺어주기를
얼마나 조마조마 기다렸는지 몰라

떡잎이 삼삼오오 오종종 돋은 날
나는 고것들이 햇볕의 끈을 부디 놓치지 않기를
빌었지, 덩굴손을 가지게 되면
자기 아닌 존재가 이 세상에 있다는 것을 알게 되고
그것을 손 뻗어 툭, 건드려보는 재미로 살아가기를

수업 없는 빈 시간에 둘러보고 물을 주며
또 빌고는 했지

사는 게 뭐 별거 있겠어
자꾸 물을 주다보면
호박꽃은 필 거야
그러면 어느날 아침 한때
나, 호박꽃 주위에서 붕붕거리는 한 마리 벌이 될지도
몰라
세상 속으로 뚫린 귀가 있다면
두두둥 둥둥둥 두둥두 둥둥두둥
호박이 익어가는 소리도 들을 거야
그래 그래, 삶의 뜨거운 날 다 지나간 뒤에
우리 반 여학생들 궁뎅이 같은 놈이나
드문드문 열렸으면 좋겠어

# 또 하나의 길


영대산 오르다가 길을 잃어버렸네
씩씩한 남학생 두엇 앞장서겠다 하네
그 뒤로 여학생들 나란히 따라가네
나는 맨 뒤에서 따라가네

아하, 없는 길이 생겨나네

# 生

내 사는 집을 지키는 누렁개 메리가
三伏中에 새끼를 낳았다
열 마리 가운데 네 마리가 살아 남았다
60년대 미숫가루 자루처럼 길쭉하게들 생겼다
모두 까무잡잡한 것들인데
낮 모르는 애비를 탁했나보다

컹컹 컹컹 잘도 짖을 때까지
젖 잘 먹어라, 아가

# 은행나무

산서면사무소 앞
아름드리 은행나무 두 그루가
어느날,
크게 몸을 흔들자
은행 알들이 우두두두 쏟아져내렸다
그게 너무 보기 좋아서
모두들 한참씩 바라보았다

# 나와 잠자리의 갈등 1

다른 곳은 다 놔두고
굳이 수숫대 끝에
그 아슬아슬한 곳에 내려앉는 이유가 뭐냐?
내가 이렇게 따지듯이 물으면

잠자리가 나에게 되묻는다
너는 지금 어디에 서 있느냐!

# 나와 잠자리의 갈등 2

잠자리가 빨랫줄에 수도 없이 널려 있다
잘난 놈 한 마리는 바지랑대 끝에도 앉아 있다
나는 바지랑대 끝을 살짝 건드려본다
순간, 아무 죄 없는 하늘이 갈가리 찢어져
마당으로 우수수 쏟아져내린다
살다 보면 보이지 않던 것들이
다시 보이기 시작할 때가 있는 법인데
그 무렵 공중에는 잠자리떼가 유유히 날아다니는 것이다
속이 훤히 비치는 속치마 같은 날개를 단 것들이
빨래가 되어 빨랫줄에 내려앉는 것이다
나는 은근히 부아가 치밀어오른다
아니, 저것들이 제 눈 속에 들어 있는 수많은 나를
겨우 똥파리쯤으로 여기는 거 아녀?
빨랫줄이야 어찌 되든 말든
나는 있는 힘을 다해 바지랑대를 흔들어버린다
그러자 부근의 잠자리들은 얼씬도 하지 못하고
점점 하늘 속으로 떠나가서는 돌아오지 않는 것이다
아아, 그때부터였다
세상을 좀더 깊숙이 들여다보겠다고 마음먹은 것은

햇살의 알맹이처럼 빨갛게 몸을 달군 잠자리떼가
마당 가득히 날아오기를 기다리기 시작한 것은

# 나와 잠자리의 갈등 3

나 혼자 있는 교무실 안으로 잠자리 한 마리가 들어온다
동무들은 다 어데 갔노?
내 물음에도 아랑곳없이 이놈은
꼭꼭 잠긴 캐비닛 위에도 앉아보고
햇살이 주춤거리는 창틀 위에도 앉아보고
저를 따라다니는 내 유치한 마음 위에도 앉았다가
갑자기 시야에서 사라지는 것이었다
잠자리도 낮은 곳에 몸을 숨길 줄 아는구나!
방학중 교무일지를 다시 쓰려고
볼펜을 잡는데 어디선가 날아온 아까 그 잠자리가
다시 교무실 천장을 빙빙 돌아다니는 것이었다
혹 저놈은 염탐꾼이 아닐까?
고얀 것, 잡아서 한쪽 날개로 날게 해줄거나?
마침 내 눈앞의 책꽂이 위에 앉아 꼼짝도 않는
잠자리의 눈을 유인하기 위하여
나는 손가락을 돌리면서 살금살금 다가가보는 것인데
아뿔싸, 세월은 흘러가고
너무 일찍 늙은 나 혼자 남았구나

# 단풍나무

둘러봐도, 팔짱 끼고 세상은 끄떡없는데
나 혼자 왜 이렇게 이마가 뜨거워지는가
나는 왜 안절부절 못하고 서서
마치 몸살 끝에 돋는 寒氣처럼 서서
어쩌자고 빨갛게 달아오르는가
너 앞에서, 나는 타오르고 싶은가
너를 닮고 싶다고
고백하다가 확, 불이 붙어 불기둥이 되고 싶은가
가을날 후미진 골짜기마다 살 타는 냄새 맑게 풀어놓고
서러운 뼈만 남고 싶은가
너 앞에서는 왜 순정파가 되지 못하여 안달복달인가
나는 왜 세상에 갇혀 자책의 눈물 뒤집어쓰고 있는가
너는 대체 무엇인가
나는 왜 네가 되고 싶은가

# 혼자 사는 집

주인 내외는 어디 일 나갔나?
사립문은 열려 있고
기울어진 울타리 위에는
호박덩굴이 마음껏 달릴 듯하더니
잠시, 멈춰 하늘을 만지고 있고
마당에는 쉬고 있는 경운기 한 대
삽 두 자루, 빈 경유통 하나
툇마루 끝에는 걸레가 하얗게 말라가고 있고

나는 좀 기다릴 요량으로 뒤뜰로 가본다
오동나무가 한 그루 서 있고
오동나무 그늘 아래
낯선 객이 왔는데도 짖지 않는
잠든 똥개 한 마리
햇살이 그 주변에서
아차, 하고 짐짓 뒤로 물러서는 것이 보이고

이 집은 저 혼자 산다
이럴 때도 있어야 하는 것이다

나도 이렇게 한번쯤은 나를 비우고
누가 나를 두드리면 소리가 나도록
텅텅, 살고 싶어지는 것이다

# 눈 오시는 날

워매, 눈 오시네
뭔 일이다냐, 요것이 대체

담 너머 과부댁
자지러지네

제 3 부

# 섬

섬, 하면
가고 싶지만

섬에 가면
섬을 볼 수가 없다
지워지지 않으려고
바다를 꽉 붙잡고는
섬이, 끊임없이 밀려드는 파도를 수평선 밖으로
밀어내느라 안간힘 쓰는 것을
보지 못한다

세상한테 이기지 못하고
너는 섬으로 가고 싶겠지
한 며칠, 하면서
짐을 꾸려 떠나고 싶겠지
혼자서 훌쩍, 하면서

섬에 한번 가봐라, 그 곳에
파도 소리가 섬을 지우려고 밤새 파랗게 달려드는

민박집 형광등 불빛 아래
혼자 한번
섬이 되어 앉아 있어봐라

삶이란 게 뭔가
삶이란 게 뭔가
너는 밤새도록 뜬눈 밝혀야 하리

# 삶

게는 이 세상이 질척질척해서
진흙 뻘에 산다
진흙 뻘이 늘 부드러워서
게는 등껍질이 딱딱하다
그게 붉은 투구처럼 보이는 것은
이 세상이 바로 싸움터이기 때문이다
뒤로 물러설 줄 모르고
게가 납작하게 엎드린 것은
살아 남고 싶다는 뜻이다
끝끝내

그래도 붙잡히면?
까짓것, 집게발 하나쯤 몸에서 떼어주고 가는 것이다
언젠가는 새살이 상처 위에
자신도 모르게 몽개몽개 돋아날 테니까

# 정든 세월에게

홍매화 꽃망울 달기 시작하는데 싸락눈이 내렸다
나는 이제 너의 상처를 감싸주지 않을 거야
너 아픈 동안, 얼마나 고통스럽냐고
너 아프면 나도 아프다고
백지 위에다 쓰지 않을 거야
매화나무는 말 한마디 건네지 못한 채
나뭇가지 속이 뜨거워져서 어찌할 바를 모르고 있었다
너를 위하여 내가 흘릴 눈물이 있다고
말하지 않을 거야 쿨룩쿨룩, 기침을 하며
싸락눈이 봄날을 건너가고 있었다

# 냉이꽃

네가 등을 보인 뒤에 냉이꽃이 피었다
네 발자국 소리 나던 자리마다 냉이꽃이 피었다
약속도 미리 하지 않고 냉이꽃이 피었다
무엇 하러 피었나 물어보기 전에 냉이꽃이 피었다
쓸데없이 많이 냉이꽃이 피었다
내 이 아픈 게 다 낫고 나서 냉이꽃이 피었다
보일 듯 보일 듯 냉이꽃이 피었다
너하고 둘이 나란히 앉았던 자리에 냉이꽃이 피었다
너의 집이 보이는 언덕빼기에 냉이꽃이 피었다
문득문득 울고 싶어서 냉이꽃이 피었다
눈물을 참으려다가 냉이꽃이 피었다
너도 없는데 냉이꽃이 피었다

# 봄     밤

저녁밥 일찌감치 먹고
마당가에 내려섰더니
난데없이 겨드랑이가 자꾸 가려워오는 것이었다
주뼛주뼛하다가 당최 참을 수 없어서
긁어대다 보니 어라, 내 몸에서
무엇이 군시렁군시렁거리며 돋아나기 시작하는데
가만히 보니
살구꽃이었다
날은 어두워오는데
살구나무는 무장무장 부풀어오르는데
식구들이 나를 찾을 것 같으니
꽃도 좋지만 나 이제 꽃 그만 피울란다, 생각하는데
누가 부르는 소리가 들리는 것이었다
나 이렇게 온몸에 꽃을 매달고 서 있는데
나를 보지 못하고
싸가지 없이 내 이름을 부르는 것이었다

# 제 비 집

제비야
너는 전세계약서도 없이
이 세상에 세 들어 사는구나
계약이란
발목을 여러 개 묶는 것,
그게 상처 되는 것,
놀부네 하늘 아래서도
다치지 않았구나

# 등나무 그늘 아래에서

길이 없다면

내 몸을 비틀어
너에게로 가리

세상의 모든 길은
뿌리부터 헝클어져 있는 것,
네 마음의 처마끝에 닿을 때까지
아아, 그리하여 너를 꽃피울 때까지
내 삶이 꼬이고 또 꼬여
오장육부가 뒤틀려도
나는 나를 친친 감으리
너에게로 가는

길이 없다면

## 바람이 부는 까닭

바람이 부는 까닭은
미루나무 한 그루 때문이다

미루나무 이파리 수천, 수만 장이
제 몸을 뒤집었다 엎었다 하기 때문이다

세상을 흔들고 싶거든
자기 자신을 먼저 흔들 줄 알아야 한다고

# 가       뭄

왕방리 저수지가 마르면서, 물가에 서 있는 소나무는
제 얼굴을 비춰볼 明鏡이 없어져
수염이 까칠하다
그 옆, 흰칠하게 키 큰 미루나무도
무심해졌는지 이쪽으로 손 한번 흔들지 않는다
너무 적막해서
이 폐허, 라고
나는 쓰려다가 지운다

바닥이,
드러나지 않을 줄 알았던 저수지 바닥이 드러나면서
물 속에 잠겼던 마을이 물가로 슬금슬금
우물을 지키던 감나무를 데리고
물기를 뚝뚝 털며, 설어나오고 있었던 것이다
나는 이 마을을 모른다
하지만, 말을 걸어보고 싶어진다
이렇게 한번 자기 자신을 드러내려고
그렇게 오랫동안 물속에서 코를 막고 숨을 참으며 살았
나?

# 나뭇잎 하나

나뭇잎 하나가
벌레 먹어 혈관이 다 보이는 나뭇잎 하나가
물속이 얼마나 깊은지 들여다보려고
저 혼자 물위에 내려앉는다

나뭇잎 하나를
이렇게 오도마니 혼자서 오래오래 바라볼 시간을 갖게
된 것이
도대체 얼마만인가

# 이 가을에는

내 몸 바깥에는
바람이 좀 불고요,
겨드랑이 아래로 낙엽 지는 소리 나고요,

이 가을에는
그래야
안쪽이 따뜻해지는가봅니다

# 우　주

잠자리가 원을 그리며 날아가는 곳까지가
잠자리의
우주다

잠자리가 바지랑대 끝에 앉아 조는 동안은
잠자리 한 마리가
우주다

# 억새밭에서


억새밭은
억새들의 대규모 집회현장 같다

80년대가 벌써
흑백사진이라니 !

# 길

장수 가는 길 2차선 국도에
녹색 군내버스가 한번 멈춰 설 때마다
그 꽁무니 뒤따르던 것들이 일제히 부동자세로
전원 앞으로 나란히, 하고 선다

삶이란,
뒤빠꾸해서 한 수 물릴 수도 없는 것이다

# 대숲이 푸른 이유

대숲의 푸른 머리카락을 빗질하려고
바람이 대숲으로 들어가네
댓잎들이 배때기를 일제히 뒤집은 채
바람을 밀어내려고 버티네
이것 좀 봐 화가 잔뜩 난 바람이
한 손으로 대숲의 머리채 휘어잡고
한 손으로 대숲의 종아리 후려치네
대숲이 왜 저렇게 푸르냐 하면
아으, 한평생 서서 매맞은 탓이라네

# 인    생

밤에, 전라선을 타보지 않은 者하고는
인생을 논하지 말라

# 問　喪

문상 갈 때마다 나오는 삶은 돼지고기 몇점
새우젓에 찍어 먹기도 하고 김치에 싸서 먹기도 하는
달려드는 파리를 손으로 휘휘 내두르며
돼지는, 삶을 한번도 후회하지 않고 살았을 것이다, 생
각하며
내 인생의 가소로운 두께를 생각하며 씹어 먹는
더러는 이빨 사이에도 끼는, 까닭없이 서러운 비곗살

# 장엄한 가난

기러기떼 男負女戴하고 가네

어제도 가더니
오늘도 가네

자꾸 밟고 다녀야
허공에도 반질반질하게 길이 난다고

# 검은 구멍

저 빈집은 이 마을의
검은 구멍
세월의 융단폭격을 맞았다

가까이 가서 보면
문풍지에도 숭숭 구멍이 뚫렸다
나는 거기에 내 눈을 갖다대본다

옛날 나 어린 한 처녀는
이 방에서 첫 옷고름 풀었을 것이다

머루알 같은 짓궂은 눈알들이
숨죽이고 들여다보았을 구멍

한걸음 물러서면
또 보인다
바람의 퀭한 검은 눈동자

# 겨울산에서 뉘우치다

이 세상을 점점이 묘사하며 내리는 눈송이

이 풍경 한쪽 구석에다 내 이름 석 자 쓰고
붉은 낙관이나 하나 꽝, 찍어 버려?

너, 이 도둑노옴!
무엇을 더 가지겠다는 거냐?

내 이마를 후려치고 가는 눈발의 회초리

내 마음 문득 더워
산수유 열매 붉어라

제 4 부

# 山 西 面

'山'字로 시작되는 곳답게
면소재지 지서 앞에는 보루대가 서 있다

아, 이곳에도 사람이 지나갔구나

# 지상의 방 한 칸

내 키만한 슬레이트 지붕 아래
한 달에 3만원 내는 방 한 칸을 얻다
외로움도 오래 껴안고 자다보면
애첩이 되리

# 4월에 내리는 눈

눈이 온다
4월에도

교사 뒤뜰 매화나무 한 그루가
열심히 꽃을 피워 내다가
이러지도 저러지도 못하고
눈을 맞는다

엉거주춤 담벼락에 오줌 누다 들킨 녀석처럼
매실주 마실 생각 하다가
나도 찬 눈을 맞는다

# 3월에서 4월 사이

산서고등학교 관사 앞에 매화꽃 핀 다음에는
산서주조장 돌담에 기대어 산수유꽃 피고
산서중학교 뒷산에 조팝나무꽃 핀 다음에는
산서우체국 뒤뜰에서는 목련꽃 피고
산서초등학교 울타리 너머 개나리꽃 핀 다음에는
산서정류소 가는 길가에 자주제비꽃 피고

# 순댓국 한 그릇

구린내 곰곰 나는 돼지 내장
도회지에서는 하이타이를 풀어 씻는다는데
산서농협 앞 삼화집에서는
밀가루로 싹싹 씻는다
내가 국어를 가르치는 정미네 집
뜨끈한 순댓국 한 그릇 먹을 때의
깊은 신뢰

# 길 따라

산서 장날 어물전 조기들이
상자 속에 반듯하게 누워 있다
부안산, 이라 붙어 있다
부안이면 여기서 300리도 넘는 곳
나는 조기를 싣고 왔을 트럭을 생각하고
조기가 흘러왔을 길을 짚어본다

부안 죽산 동진 김제 용지 이서 전주 관촌 임실 오수 지
사 산서

# 생        일

생일 아침
나 복이 많아서
교탁 위 양은쟁반 위에
시루떡 김 솟는다
산서면 동화리 신창리 오산리 계월리 봉서리 쌍계리 마
하리 백운리 이룡리 건지리 하월리 오성리 학선리 사상리
쌀들, 우리 반에 다 모여
시루떡 되었다
무럭무럭 김 솟는다

# 客　　氣

이불 뒤집어쓰고 엎드려
황금빛 귤 까먹는다
귤처럼 새큼한 년 하나 어디 없나
생각한다
사내 혼자 자는 밤
얼마나 많아야
해탈, 하는 것이냐

# 외 로 움

시 쓰다가
날선 흰 종이에 손 벤 날
뒤져봐도
아까징끼 보이지 않는 날

# 경　　계

내 자취방 창호지는
안과 밖을 따로 구분 짓지 않는
바람의 비무장지대

## 부끄러움에 대하여

오산리 계집애들 몇이 복숭아 서리 갔다가
난데없이 주인한테 들키는 바람에
복숭아나무에서 그냥 뛰어내렸대요
치마가 홀러덩 뒤집어지는 줄도
그때는 정말로 몰랐대요

# 聖者의 겨울

산서초등학교 소년들 콧물 흘린다
하느님도 부처님도 어린 시절에는
다 저렇게 훌쩍거리며 걸어갔다는 말씀

# 정미소가 있는 풍경

시외버스를 타면 길가에
가끔, 오래 된 정미소가 서 있는 것을 보게 되고
나는 그곳을 아주 천천히 지나가고 싶어지네

생산의 고향이여,
모든 부의 관리자여,
그리하여 눈부신 빚더미여,
붉은 양철 지붕을 뒤집어쓰고
한마리 덩치 큰 짐승처럼 서 있는 정미소를
나는 찬미하고 싶어지네

그러나 내가 탄 시외버스마저
거들떠보지 않고 지나가려 하는
나이 많은 정미소

들녘의 모든 길들, 정미소로 이어지던 시절
멍석만한 크기로 날아오던 참새떼와
앞마당에 넘치던 나락 냄새, 말들의 울음소리
청춘의 팔뚝의 꿈틀거리는 힘줄의 물줄기를

내가 노래하려는 것은 아니라네

정미소는, 숨가쁘게 달려왔으나
결국 실패하고 만
늙은 혁명가

지금 그에게는 속도가 없네
개들이 똥을 누고 가는 뒤안에서부터
개들의 잠자리가 있는 마을까지가
마지막 그의 관할구역이라네
그 풍경을 나는 이제 사랑하려 하네

# 수학여행

세상 바깥 식당에서 점심 한 그릇씩 먹고
성류굴 속으로 들어가려고 줄지어 서 있는 동안
산서고등학교 2학년 1반 담임인 나는 외설스럽게도
子宮 속으로 들어가는 길,
그 축축한 입구를 생각하고 있는 것이다
굴속으로 들어가는 길이 비좁아
허리를 낮추어야만 통과할 수 있는 성류굴

세월의 주름이 膣壁을 이룬
그 구불구불한 길을 오르내리면서
조국이여, 나는 오만하게도
너와의 불륜의 관계를 생각하고 있는 것이다

나는 대낮에는 왜 성욕을 숨겨야 하는가
나는 아이들이 식판 들고 줄 서 있을 때
왜 상다리가 무너지게 차린 밥상을 받아야 하는가
나는 왜 나에 대한 분노가 한줌도 없는가

세상 속으로 들어갈수록

세상은 어두워지고
세상 밖으로 나가자니
세상의 햇살이 무서워진다

삶이란
수학여행처럼 신나고 쓸쓸한 것이냐
조국이여, 카메라 플래시가 터질 때마다
나는 눈을 뜨지도 못한 채
수심이 삼십 미터나 된다는 그 아찔한
동굴의 연못 속을 존재의 심연이라 생각하고
거기에다 시의 사다리를 가만히 놓아보고 싶은 것이다

# 퇴근 길

삼겹살에 소주 한잔 없다면
아, 이것마저 없다면

# 봉급 받는 날

염소는
고삐에 묶여서
한평생 또 한평생
고삐의 길이만큼
멀리 나갔다가
밤에 집으로
돌아간다네

# 세상의 중심을 향하여

　새는, 나뭇가지 끝에서 허공으로 저를 들어올렸다가 내
려놓는 것이
　자기 자신인 줄 모르고, 세상의 중심을 향하여
　자꾸 날아가려고 한다
　날아갔다가는 다시 언젠가는 내려앉게 된다는 것을,
　내려앉는 그 순간이, 그 착지점이, 무릉도원임을 미리
알아채지 못하고,
　나도 한때, 밤하늘의 별자리 이름을 외우며
　장래 희망란에다 대통령이라고 쓰던 소년,
　라면이 퍼지는 줄도 모르고 『채털리부인의 사랑』을 읽던
까까머리,
　맨땅에다 머리 박고 원산폭격하던 방위병,
　전투경찰에 둘러싸여 투재생 투쟁 목청 높이던 거리의
교사,
　또한 무엇보다 아내의 중심에 나의 중심을 대고 힘쓸
때,
　나, 세상의 중심에 있었나?
　나, 세상의 중심을 향하여 출가하지 않았으며
　지구 위에 꽃 한송이 올려놓은 적 없지만

모든 중심에 핀 꽃송이들 함부로 꺾지 않았다
세상의 중심,
그곳으로 가는 길을 가르쳐주겠다는
스승과 교회와 운명철학가를 믿기보다
나는 나,
자신을 믿었다
나를 여기까지 힘겹게 끌고 온 몇권의 책으로부터
豐饒보다 貧困, 豐足보다 缺乏, 紙幣보다 짤랑거리는
銅錢, 사랑보다 뜨거운 失戀, 광화문보다 미아리를 배웠
을 뿐,
그래서 나는 지금도 한국의 수도 서울에 살고 싶은 생각
이 추호도 없다
모든 나는 세상의 중심에 있으니까!
나를 세상의 중심으로 알고
퇴근 때마다 내 품으로 안겨드는 딸아, 그리고 아들아
이 아비는 목욕탕에 갈 때마다 남의 등을 밀어주기 전에
먼저 내 배꼽에 낀 때를 없애는 일에 몰두하였단다

# 오수역에서

너의 아픔 곁에서
너의 아픔 속속들이 적시지 못할 바에는
나, 서둘러 떠날란다

오수발 서울행 새벽 기차 기적소리

# 오래 벼린 비수(匕首)와 같은

### 이 병 천

## 1

한밤중 삼경(三更). 이 냥반이 또 방안에서 담배를 피우고 있네, 하는 아내의 지청구를 들으며 담배를 물고 베란다에 쫓겨 쓸쓸히 나와 서서 문득 저 아래 건너편 아파트를 바라다본다. 거기 도현이와 그 아내와 딸 유경이와 똘방진 놈 민석이가 함께 살고 있을 아파트가 모악산을 우뚝 가로막고 있고, 눈으로 더듬 더듬 17층의 그 '산당화' 같은 안도현이 서재로 쓰는 방을 더듬 자니 이 밤 그 창문에도 불빛이 뜨겁도록 흰하다.

> 산당화야
> 산당화야
> 교장 선생님한테 불려가 혼나고, 너도
> 숙직실 처마 밑에 나와 섰구나
>
> ——「산당화」 부분

간 저녁에 우리는 함께 술을 마시고 돌아왔었다. 아마도 그는 우리를 만나기 전에, 어딘가에서 청탁했을 시편들을 깨끗이 탈고했었는지도 모른다. 아, 대처나 그때의 술맛이란! …… 한잔씩만 더 나누고 일어서자고 그는 우리에게 졸라댔으며 우리 또한 마지못한 척 유혹에 빠져버렸던 것이다. 그런데도 도현아, 너는 이 밤도 늦게까지 또 시를 쓰고 있느뇨?

2

아, 아무리 소설이라고 해도 그렇지. 아, 안도현에 대해서 쓰는 일은 여간해서는 아, 안된다. 적어도 우리끼리는 그렇다는 말이다. 용택이형의 얘기를 사실대로 옮기자면, 발문을 쓰려고 만년필 뚜껑을 열었는데 막상 시작하려고 하면 할수록 머릿속이 자꾸 하얗게 지워질 뿐이더라고 했다. 그건 나도 마찬가지고, 이유가 있다면, 우리는 이미 너무 가까워져버렸고 너무 속속들이, 전신마취를 당하듯, 서로 너무나 유기적(有機的)으로 살아왔기 때문인 것이다.

저 지난 가을, 도현이네 식구와 용택이형네 식구와 우리 식구는, 새로 담근 김치와 불고기와 삼겹살이며 어물전에서 산 생합이며를 바리바리 싸 들고 용택이형네 시골집 아래 섬진강변에 소풍을 나갔었다. 물빛은 이제 막 투명하게 가을 햇빛을 퉁기기 시작했고, 그 물빛과 하늘빛이 서로 시샘 없이 푸르렀으며, 우리들 인간의 나이로 따지자면 이제 겨우 중학교에 입학한 도현이네 유경이 정도나 됐을 단풍나무 어린 새끼조차도 홍역이라도 치르는 듯 온몸을 발갛게 물들여놓고 있을 때였다. 강변에 앉아 우리 어른들은 그 기생의 치마폭 같은 비취빛 하늘과 선선한 가을 바람이 꾹꾹 눌러 따라주는 술을 마셨다. 이게 바로 우리 촌놈들의 보약이거니 여기고는.

"우리 아빠는 전국적으로 알아주는 시인이다!"

물수제비를 뜨다 말고, 초등학교 5학년이던 용택이형네 민세가 그렇게 말하는 소리가 들렸다. 그러자 숨돌릴 사이도 없이 이제 초등학교에 입학해야 할 도현이네 민석이가 맞받는 외침이 그 수면에 쨍하고 울렸다.

"우리 아빠는 대통령이 알아주는 시인이여!"

4학년짜리 우리 아들만 묵묵부답, 와르르 따라 웃는 수면으로 오로지 물수제비만 띄우고 있을 뿐이었다. 영악한 민석이는 즈 또래에서라면, 나라고 민족이고, 대통령이라는 약발보다 더 끗발이 센 것은 없으리라는 걸 알고 있었고, 그 말 한마디로 다음에 말을 받아야 할 우리 아들까지 침묵시켜버렸던 것이다. 그때 상처깨나 입었을 우리 유환이가 집에 돌아오자마자 아빠는 무엇이냐고 내게 물었다. 이미 짐작해둔 일이라서 대답이야 쉽게 해줄 수 있었다. 아빠는, 소설가들이 알아주는 소설가지.

아들은 그게 영 미심쩍은 눈치였지만, 스스로의 입으로도 자기 한몸의 건강을 위한 일이라면 몰라도 공부는 하기 싫어한다고 밝혔던 우리나라 대통령이 참말이지 안도현 시인을 알고 있을는지 나로서도 내내 천진하게 궁금했지만, 사실은 현직 대통령이 아니라 아직도 시 몇줄쯤은 외우고 있노라고 자랑했던 그 식선 내통령을 민석이가 흉중에 언급했었는지는 모르지만, 우리는 전주에서 그렇게 살고 있다.

구두를 신으면서 아내한테 차비 좀, 하면 만원을 준다
전주까지 왔다갔다 하려면 시내버스비 210원 곱하기 4에다
더하기 직행버스비 870원 곱하기 2에다
더하기 점심 짜장면 한 그릇 값 1,800원 하면
좀 남는다 나는 남는 돈으로 무얼 할까 생각하면서

벼랑 끝에 내몰린 나의 경제야, 아주 나지막하게

불러본다 또 어떤 날은 차비 좀, 하면 오만원도 준다

일주일 동안 써야 된다고 아내는 콩콩거리며 일찍 들어와요 하지만

나는 병천이형한테 그동안 술 얻어먹은 것 염치도 없고 하니

그런 날 저녁에는 소주에다 감자탕이라도 사야겠다고 생각한다

——「나의 경제」 부분


전교조 해직교사 시절, 그 어려웠던 살림살이에 대해 도현이는 이렇듯 가계부를 적듯 시를 써내면서도 의리를 잃지 않으려고 발버둥치기도(?) 했었다. 술값 때문에 상심해서 지내지는 않은 듯하니 다행이기도 하고, 그때 그 꺼칠하던 세월에도 불구하고 도현이가 우리 곁에서 늘상 맑고 티없이 지내온 게 고맙기만 하다.

그러나 이제 도현이의 생활양식도 변했다. 이리에서 전주까지 오가는 시내버스비와 직행버스비를 줄이려고 그러지는 않았겠지만 전주에, 그것도 내가 사는 곳의 이웃 아파트로 이주해 온 지 오래다.

그래서 우리는 함께 전주시 평화동 주민이 됐다고 낄낄거리고, 내 아내는, 당신 애인이 옆으로 이사 와서 좋겠수 하면서 장차 더욱 더불어 밤들이 노니다가 늦게 돌아올 일을 걱정하기도 했지만, 이리 땅의 정양 선생이며 심호택형이며 김영춘, 정영길 같은 도현이의 즐비한 옛 애인들은 속으로 눈물깨나 찍었다고 했다. 그도 그럴 것이 자나깨나 그저 '먹어주기 밥통'이거나 맨맛으로 먹기에도 그만이라는 '홍어젓'처럼, 도현이의 성품

이 한없이 곱고 수더분해서, 노래 잘하고 춤 잘 추고 시 잘 짓고 술 잘 먹고 남의 뜻 잘 받아주고, 그러면서도 자태까지 아리땁던 기생 뺨칠 정도였기 때문이다. 아니, 단지 심성이 그렇다는 말씀.

> 어린 눈발들이, 다른 데도 아니고
> 강물 속으로 뛰어내리는 것이
> 그리하여 형체도 없이 녹아 사라지는 것이
> 강은,
> 안타까웠던 것이다
> 그래서 눈발이 물위에 닿기 전에
> 몸을 바꿔 흐르려고
> 이리저리 자꾸 뒤척였는데
> 그때마다 세찬 강물소리가 났던 것이다
> 그런 줄도 모르고
> 계속 철없이 철없이 눈은 내려,
> 강은,
> 어젯밤부터
> 눈을 제 몸으로 받으려고
> 강의 가장자리부터 삼엽음을 깎기 시작한 것이었다.
> ──「겨울 강가에서」전문

"안도현이 거, 시 잘 쓰데."

작가회의 3월 정기총회가 끝나고 칵테일을 한잔씩 드는 자리에서 작가 조정래 선생은 위의 시를 지칭하며 내게 그렇게 말씀하신 적이 있다.

위의 시가 좋은 게 사실이라면, 나는 우선 그 이유가 우리 어문학에서 이러지도 저러지도 못할 의존명사인 '것'과 '것이다'를 적절하게 되살려냈기 때문이 아닌가 여긴다. 시와 달리 소설을 쓰는 이들이라면, 별수없이 '것이다'를 이따금 반복해서 써야만 하는 괴로움을 잘 알고 있는 '것이다'. 소설에서조차 회피되는 이 말을 오히려 마구 남용함으로써 안도현은 시에 창조적인 생명력을 불어넣고 있다.

그러고 보니 무슨 노래던가, 도현은 노랫말에도 좀처럼 사용하지 않는 이 '것'이 들어가는 어느 유행가 속에서 '것이' 어쩌고 하는 부분에서는 한 음을 높여 영 마뜩찮게 부르곤 했던 게 떠오른다. 확인을 하기 위해 그의 집으로 전화를 걸자 이윽고 기다렸다는 듯이 유경이와 민석이가 함께 불러주는 세 부자녀의 그 노래가 수화기를 타고 흘러나온다. "알 수 없는 또 다른 나의 미래가 나를 더욱더 힘들게 하지만 네가 있다는 '것이' 나를 존재하게 해……" 전화기에 대고 부르는데도 여전히 '것이' 하는 부분은 높다. 도현이는 내가 왜 갑자기 그 노래 가사를 물었는지 모를 것이다. 그렇구나. 도현이는 요즘 들어 '것'과 '것이다'에 사로잡혀 있었던 것이고, 결국은 그 의존명사를 멋지게 싹 틔워내고 이 봄으로 들어선 것이다.

물론 이 시의 매력이 그 '것'만으로 끝나지는 않는다. 기억하고 있겠지만, 나는 도현이의 성품에 대해 언급하려고 이 시를 인용했다.

——이 순간, 구례 산동(山東)의 산수유가 절정이라고, 도현이에게서 전화가 온다. 용택이형네와 자기 가족 모두 그곳이나 함께 다녀오자고 한다. 또 며칠 이 발문이 늦어지겠지만, 모르겠다. 어차피 내 시집은 아니니까.

산동의 산수유는 역시 좋았다. 샛노랗지는 않은, 그냥 파리하게 노란 산수유꽃들은 봄이 우리에게 사실은 얼마나 힘들게 다가오는지를 온몸으로 보여주는 듯하다. 사람들이 떼지어 그곳에 몰려드는 이유도 어쩌면 그걸 직접 체감하고 싶어서일 것이다. 그리고 실제로 우리자 꽃잔치를 벌인 이날, 강원도 영동 지방에는 폭설주의보가 내린 가운데 40센티미터가 넘는 눈이 쏟아져 교통이 두절되기도 했다는 뉴스가 나왔다.

아마도 지금쯤 틀림없이 도현이는, 이런 부조리와 어긋남을 자기 나름대로 자연운행의 질서로 풀이하는 시작업에 몰두하고 있을 것이다. 여기 단순하면서도 재미있는 시 한 편은 도현이가 세상의 모든 자연현상을 어떻게 보고 있는지 상징적으로 보여주고 있다. 그가 시에서 즐기는 '세상 보기'가 어떤 방식으로 이루어지고 있으며, 이 얽히고설킨 지구 혹은 우주 사회에서 그가 즐겨 발견해내는 질서가 무엇인지를.

산서고등학교 관사 앞에 매화꽃 핀 다음에는
산서주조장 돌담에 기대어 산수유꽃 피고
산서중학교 뒷산에 조팝나무꽃 핀 다음에는
산서우체국 뒤뜰에서는 목련꽃 피고
산서초등학교 울타리 너머 개나리꽃 핀 다음에는
산서정류소 가는 길가에 자주제비꽃 피고
———「3월에서 4월 사이」 전문

"다 좋은디, 꽃 피는 순서가 쪼끔 틀렸다야. 조팝나무가 맨 끝으로 가야지."

내가 도현이의 좋은 시들에 대해 초를 치고 시비를 걸 수 있는 문제들은 기껏 그쯤에 불과하지만, 그리고 내 애기가 옳든

그르든 도현이의 시적 진실까지 훼손당하는 것은 아니겠지만, 그러고 보니 도현이에게 생활이 바뀐 면이 또 있다.

안도현이 오랜 전교조 해직생활에서 벗어나 복직해 갔던 곳이 장수 땅, 산서(山西). 산수유가 많은 앞의 산동이 지리산을 동쪽에 두고 있는 지역이라면 뒤의 산서는 남원의 보절 땅에 솟아 있는 천왕봉이라는 독산(獨山)의 서쪽에 위치한 고장이다. 어쨌거나 도현은 거기 아름다운 이름의 산서고등학교에서 지난 2월, 스스로 물러나왔다.

"형, 우리 집사람 나오면 잘 좀 얘기해줘요."

"뭘?"

"나 사표 내면 자기도 직장 그만둔다고 맨날 엄포를 놓았거든요."

"그리여."

그렇게 해서 박배엽과 나는 안도현이네 아파트 앞 포장마차에서 그 박성란이를 만나 이미 오른 취기로 인해 뜻대로 움직여지지 않는 혀를 놀려 설득한답시고 오래 붙들고 앉아 있기도 했지만, 사실 내 걱정과 기우는 좀 다른 데 있었다.

　　山은 저 홀로 푸르러지지 않는다네
　　한 山이 그 빛깔 흐려지며 그 너머 山에게 자기를 넘기면
　　그 빛깔 흐려진 山이 또 빛깔 흐려지며 그 너머 山에게 자기를 넘긴다네
　　　　　　　　　　　　　　　　　　　　——「山에 대하여」 부분

　　됐습니다
　　오수까지 다 왔으니
　　운전사도, 할머니도, 나도, 다 왔으니

106

모두 열심히 살았으니 !

———「열심히 산다는 것」부분


송사리떼에게 거슬러 오르는 일을 가르치려고
시냇물은 스스로 저의 폭을 좁히고
자갈을 깔아 여울을 만들었네

———「여울가에서」부분


이렇듯 감동을 안겨주는 시적 성과는 우리가 쉽게 대할 수 있는 것들이 아니다. 그리고 뛰어난 시인이라고 할지라도 이런 감동을 언제나 줄 수는 더더구나 없는 법이다. 우리는 한 시절, 그때가 어느 때였던가, 한 권의 시집을 사서 읽었을 때 가슴에 남는 시가 단 서너 편만 있어도 책값이 결코 아깝지 않다고 자위하곤 하던 시절이 있었다. 그런데 도현이가 산서, 그 아름다운 이름의 고장과 그보다 더 아름다운 아이들로부터 떨어져 나와서도 우리에게 이런 시편들을 계속해서 보여줄 수 있을는지, 걱정이 은근히 앞서는 것이다.

예를 들어, 다음 시를 보자.


나 서른다섯 될 때까지
애기똥풀 모르고 살았지요
해마다 어김없이 봄날 돌아올 때마다
그들은 내 얼굴 쳐다보았을 텐데요


코딱지 같은 어여쁜 꽃
다닥다닥 달고 있는 애기똥풀
얼마나 서운했을까요

애기똥풀도 모르는 것이 저기 걸어간다고
저런 것들이 인간의 마을에서 시를 쓴다고
───「애기똥풀」전문

일찍이 몰랐던 사실을 깨닫는 즐거움, 특히나 어여쁜 꽃 이름 하나를 몰랐던 사실을 무슨 큰 죄라도 되듯이 반성을 하면서 그걸 시로 만드는 일, 그건 어쩌면 시인이 지닐 수 있는 특권의 하나일지도 모른다. 그리고 그 점은 특권이면서 동시에 시적 수사며 재치일 수도 있으리라.

그러나, 그럼에도 불구하고, 섭섭함은 여전히 남는다. 「애기똥풀」에는 앞에 인용한 시편들에서 느낄 수 있는 시적 긴장과 진솔성 대신에 성공적인 어떤 의미 부여를 통해 얻어지는 성취도가 더 있을 것처럼 여겨지기 때문이다. 그것은 도현이와 전주의 우리들이 함께 했던 술자리를 빌어 비유를 한다면, 1차와 2차의 차이 같은 것이다. 결국은, 현장에 있었느냐 없었느냐의 문제와도 같은……

물론 사소한 배신감(?)도 없지는 않다. 전주의 모악산 박남준이네 집에 오르며 내가 물었었다.

"너는 내 소설 「애기똥풀」도 안 읽어봤냐?"

"읽었어도 꽃은 몰랐지요."

"그먼, 시방은 참말로 알어?"

"알죠."

"근디 '코딱지 같은 어여쁜 꽃'이라고 썼어? 코딱지 같은 어여쁜 꽃이라면 '코딱지풀'이란 게 따로 또 있잖냐?"

"뭐, 그냥 꽃이 작다는 뜻으로 쓸라꼬 했는데……"

"…………"

아, 안도현이 학교를 그만두기 잘했다고 부인에게 우리가 얘기했는데, 그의 시가 자연과 학교의 현장성이라는 건강한 아름다움에서 퉁겨져나와 평소의 안도현답지 않게 혹시라도 요상허고 해괴허게 시를 쓰기라도 헐작시면?

3

밤에, 전라선을 타보지 않은 者하고는
인생을 논하지 말라

———「인생」 전문

저 안동 땅에서 도현이 처음 이리로 오고 우리가 그를 만났던 게 언제였던가? 그게 80년대의 시작과 함께였다. 넉넉잡아 17년!…… 그런데 이제 그가 단언코, '者'를 굳이 한자로 쓴 뜻을 다시 헤아려 고쳐 말하자면, 전라선 밤기차를 타보지 않은 '놈'하고는 인생을 논하지 말라고 외치기도 한다. 거, 참!

아직 문학도에 불과하던 그 80년대 초, 박배엽과 나는 우연히 이리로 안도현과 그 친구들이 펼쳐놓은 시화전을 구경간 일이 있다. 그때가 그에 대한 첫인상인데, 불행하게도 그게 썩 좋지는 않았다. 이를테면, '사랑을 쓰려거든 연필로 쓰세요. 왜냐하면 그게 지우기가 좋잖아요' 하는 식으로 그때 그 나이의 그가 그런 시를 쓰고 있었던 것이다. 물론 비슷한 유행가가 나온 건 훨씬 뒤의 일이다. 이건 최초의 고백인데, 배엽과 나는 그의 재기발랄함을 높이 사기는 했으되 고개를 동시에 저었다. 박배엽은 그무렵 입버릇처럼 성공한 소설가보다는 실패한 시인을, 실패한 시인보다는 좌절한 혁명가를 꿈꾼다고 입버릇처럼 말하고 있었고 그 표현의 화려함과 진정성이 우리를 사로잡고 있던 시절이기도 했다. 그렇기에 우리는 그날, 안도현과는 인사조차 나누지 않았던 것이다. 어린것들이……

그런데 그 안도현이 「서울로 가는 전봉준」에 이르러서는 "척왜척화 척왜척화" 그 한 구절로 우리를 송두리째 뒤흔들더니 그 이후 급기야 박배엽과 나를 다시는 그 앞에서 시 쓰지 못하도록 팔을 부러뜨려놓고야 말았다. 그래서 나는 성공한 소설가라도 돼야겠다고 일찍이 개종했으며 배엽은 그냥 맘 편하게 좌절을 거듭하는 중이라고 일컬을 만하게 되었다.

그렇다면 이제 안도현이 자신있게 스톱을 외친 이번 『그리운 여우』라는 고스톱 판에서 그가 쥔 패는 무엇이었던가? 그의 시적 특장은 무엇일 것인가?

여름이 뜨거워서 매미가
우는 것이 아니라 매미가 울어서
여름이 뜨거운 것이다

——「사랑」 부분

그 절집 안으로 발을 들여놓는 순간
그 절집 형체도 이름도 없어지고,
구름의 어깨를 치고 가는 불명산 능선 한자락 같은
참회가 가슴을 때리는 것이었습니다

——「花巖寺, 내 사랑」 부분

'山'字로 시작되는 곳답게
면소재지 지서 앞에는 보루대가 서 있다

아, 이곳에도 사람이 지나갔구나

　첫번째 인용한 시구를 통해서 본 그가 쥔 그만의 패는, 그가 진작부터 지녔던 재치가 이제는 어떻게 일가(一家)를 이루어가고 있는지를 증명한다. 그가 이 경우 자주 애용하는 기법은 이른바 의인법(擬人法)처럼 보인다. 극단적으로 얘기하자면, 그는 삼라만상을 일단 닥치는 대로 의인화시켜놓고 본다. 의인법뿐만이 아니라 무릇 그 모든 비유법들이 시에 동원되는 일이 당연한 일이기는 하겠지만, 육회 안주를 특별히 좋아하는 안도현의 식성처럼, 그가 어쩌면 편식이다 싶게 즐기는 이 의인법이라는 방식으로 말미암아 그의 시편들은 쉽고 만만하게 여겨지면서도 독특한 참신성을 자랑하게 된다. 가령, "연탄재 함부로 발로 차지 마라／너는／누구에게 한번이라도 뜨거운 사람이었느냐" 하고 외치는 「너에게 묻는다」와 같은 시편들이 그 대표라 할 것이다. 물론 이번의 시집에서도 우리가 마음만 먹는다면 이런 기법이 유감없이 발휘된 시구들을 얼마든지 가려낼 수도 있다.

　두번째 인용한 패는, 그가 종래에는 많이 보여주지 않던 새로운 초식의 화두로, 이번 시집을 무겁게 관류하는 한 특징이라고 힐 민하다. 우주ㅓ 잠자리, 깃털 하나, 고삐 등의 많은 시어를 통해 그는 이번에 불교적 성찰과 조용한 관조의 세계 자체를 화두로 들었다. 그건 인생을 진지하게 맞이하겠다는 자세에 다름 아니다. 혹시 안도현은 벌써부터 발걸음을 잠시 멈추어보며 자기 인생을 뒤돌아 응시하기 시작하고 무엇인가를 자꾸 하나씩 깨달아가는 나이에 들어선 것일까?…… 어쨌거나 이 뚜렷한 징후를 감지했다고 치고 이제 마지막 남은 세번째의 패를 살펴보기로 하자.

첫번째 열어 보인 패처럼, 현란하고 새로운 각종 병장기라는 시적 기법을 무기로 구사했으며, 두번째 열어 보인 패에 이르러 내적 성찰을 거듭한 그의 시심은, 흔히 세번째 인용한 것과 같은 독특한 세계에 이윽고 도달하곤 한다. 그게 곧 짧고도 구체적인 깨달음, 바로 할(喝)!…… 그것이다. 다만 할이 언제나 그렇듯, 위의 세번째 시에서 산서면을 지나갔다는 그 '사람'은 도대체 누구일 것인지, 그건 언제나 우리들 독자가 깨달아야 할 몫으로 남겨진다.

사실 이 경지는 그가 이번의 시집에서 처음 선보이는 것은 아니다. 오랜 시작과 세월을 거쳐 단련된 것으로, 그가 늘 시를 쓸 때면 소맷귀 사이에 숨겨두고 지내왔던, 손안의 비수(匕首) 같은 것이다. 하여, 그는 앞으로도 시를 쓸 때마다 당분간은 이렇게 오래 벼린 비수를 애용할 것이라고 짐작해볼 수 있거니와, 다시 처음의 의문으로 돌아가자면…… 아, 우리들의 팔목을 부러뜨려 다시는 시를 쓸 엄두를 못 내게 했던 안도현의 암기(暗技)가 바로 이런 것들이었다니!

4

다시 삼경이다. 나는 아예 담배를 물고 베란다로 향한다. 내가 도현이의 품앗이 글을 써주고 있는 이 시간 그의 방에도 역시 불이 또 밝다. 요즘 들어 용택이형은 그 형수씨가, 무슨 모사를 꾸미느라고 그렇게 자주 패거리들을 만나느냐고 캐물으면서 그를 자주 불러내는 우리에게 따질 게 좀 있다고 하더라고 했다. 그건 사실이 아니다. 그 형수님, 무슨 일인가로 용택이형이 신명나서 나돌아다니는 게 오히려 보기 좋은 것이리라.

우리가 무삼 일로 바빴던가?…… 전북민족문학인협의회를

사단법인 민족문학작가회의 전북지회로 바꾸는 일, 그 창립총회 문제, 고교생 백일장 개최 건, 아아, 우리들이 자금을 조금씩 염출해서 차라리 조그만 까페 하나를 운영하고야 말겠다는 야심찬 분홍빛 계획이며…… 도현이도 바쁘고 나도 바쁘고, 이 봄에 이곳 전주의 문인·친구들이 다 함께 분주하다. 그중에서도 안도현은 처음 몸의 변화가 오기 시작하는 사춘기 소녀애들처럼 불안하고 섬세하게 이 계절을 맞고 있으리라는 생각이 든다. 이제 그도 이른바 전업 시인이 된 것이다. 그 젖멍울을 하는 듯한 앓이앓이가 도현이를 새롭게 키우겠지만…… 내 앞에 폭설처럼 쌓인 그놈의 눈사태 같은 소설들은 언제 다 써서 치우노?

그러나, 안도현의 좋은 시편들을 다 읽은 탓일는지, 이래저래 비록 팔목이야 부러졌지만 내가 두고 온 그 마을로 슬그머니 돌아가서, 나도 문득 다시 시를 쓰고 싶어지는 참 좋은 밤이다.

# 후 기

산서에서 3년을 보냈다.

내 삶 가까이 처음으로 산이 솟아올랐고, 들이 펼쳐졌고, 개울이 소리내어 흘렀다. 오리나무와 칡꽃과 고추잠자리와 버들치, 그들이 내 깡마른 영혼의 스승이 되어주었다. 햇볕이 너무 따뜻해서 나는 종종 나를 들여다보아야 했다. 나는 늦게서야 아주 조금 철이 든 것이다.

다시 학교에서 교과서를 펼쳐 들고 지낸 시간이 어땠냐고 묻는다면, 부끄럽지만 이렇게 말하겠다. 흙구덩이에다 호박씨 서너 개씩 묻어놓고 몇날 며칠 싹이 돋기를 기다린 일밖에 없었다고.

산서. 이제 떠나와서 돌아보니, 그곳의 모든 풍경들이 오래오래 남을 흑백사진 같다.

이 세상하고 나란히 어깨를 대고 걸어가기, 혹은 세상의 키에다 시의 키를 맞추기.

가당찮게도 내 문학의 꿈은 그런 것이었다. 그리하여 세상이 아프면 그 상처에다 빨간약이라도 발라주고 싶었고, 더러는 몸 아픈 세상 대신 시한테 앓아누우라고 시의 옆구리를 쿡쿡 찌르기도 하였다. 세상이 아, 하고 소리 지르면 시도 아, 하고 울던 시절.

그런데 언제부터인가 시는 혼자서 아, 하고 울지 않았다. 시는 외로워 보였다. 아마 시가 나를 끌고 다니기 시작한 게 그 무렵이었을 것이다. 나는 굳이 참견하지 않았다. 팔목에 힘을 빼고, 목소리를 낮추고, 발자국 소리를 죽이고 발 닿는 대로 걸었다.

시가 짧아진 이유도 그거다. 할 말이 별로 없어서. 나 혼자 너무 많은 말을 하면 안될 것 같아서. 나 혼자 너무 길게 큰소리로 떠들면 자잘한 들꽃들이 귀 막고 돌아앉을 것만 같아서.

1997년 6월 전주에서

안　　도　　현

창비시선 163

그리운 여우

초판 1쇄 발행 / 1997년 7월 15일
초판 28쇄 발행 / 2024년 2월 14일

지은이 / 안도현
펴낸이 / 염종선
펴낸곳 / (주)창비
등록 / 1986년 8월 5일 제85호
주소 / 10881 경기도 파주시 회동길 184
전화 / 031-955-3333
팩시밀리 / 영업 031-955-3399  편집 031-955-3400
홈페이지 / www.changbi.com
전자우편 / lit@changbi.com

ⓒ 안도현 1997
ISBN 978-89-364-2163-2  03810